大偵探
福爾摩

U0054005

數學偵緝系列
犯罪說明書

Sherlock
Holmes

SHERLOCK HOLMES

目 錄
C NTENTS

(P)= 林浩暉 (L)= 雷霄 (N)= 謝詠恩

「那孩子真是的，老是要我等。」

麥克坐在吧檯前，不時望向門口。這時，酒吧內燈光昏黃，客人**寥寥可數**。

酒保邊擦着檯面邊問：「又約了令郎來喝酒嗎？」

「是啊，不知道他又在忙甚麼。」

「**年輕人**總有很多事情幹啊。他也20多

歲了吧？」

「是啊，轉眼就長大了呢。算了，不等他了，先來一杯**威士忌**吧。」

「好的。」

這時，一個侍應正好端來一盤洗乾淨的酒杯，他好像聽到了麥克與酒保的對話，隨手就把一個**酒杯**遞上。酒保接過杯子，給麥克倒了一杯威士忌。

麥克喝了幾口後，突然**臉色大變**。他按着腹部，喉頭發出「**嗚**」的一聲慘叫，接着上身一歪，已倒在地上。

「麥克？你怎麼了？」酒保立即從吧檯走出來查看。這時，麥克口吐白沫，已**不省人事**了。

「救命啊，快來人呀！」酒保不禁驚叫。

「一張神秘**數表**？」福爾摩斯靠在沙發上，懶洋洋地問。

「是啊。」狐格森**煞有介事**地說，「我們在那酒吧的**後巷**找到一張紙條，上面有個數表，看來跟案件有關。」

「為何這樣說？」華生問。

「是這樣的……」狐格森把案情道出。

死者麥克50歲，他在酒吧喝了幾口威士忌後當場**暴斃**。法醫在其喝剩的威士忌中驗出了**毒藥**，因此判斷死者是被毒殺。當日，警方雖曾向現場人士問話，

6

但沒問出甚麼來。所以，那張神秘數表就成了
唯一的「疑似」線索。

　　説完，狐格森苦惱
地抱着頭續道：「唉，
局長下令要在兩星期
內破案，否則，就要調
我和李大猩去白金漢宮
曬太陽。所以，任何蛛
絲馬跡都不能放過啊！」

　　「原來如此，難怪他要來找老搭檔求助
了。」華生心中暗笑。

　　「要兩個星期內破案？」福爾摩斯懶洋
洋地問，「為何這麼着急？」

　　「因為，局長認為這是一宗連環殺人
案。」狐格森壓低嗓子道，「兩星期前，樸

茨茅夫有個**43歲男人**被殺。一星期前，多佛那邊又有個**43歲的男人**死掉。我們在那兩人身上驗出的毒藥，與麥克酒杯內的**一模一樣**。」

「啊！」華生大吃一驚。

「福爾摩斯，我把數表拿來了，你要不要看看。」狐格森充滿期待地問。

「看？有甚麼好看？」福爾摩斯閉上眼睛擺擺手，「我最近**腦閉塞**，看見數字就會頭痛。」

「甚麼？你不看嗎？」狐格森急了，「怎麼辦啊？」

華生知道福爾摩斯故意擺出一副**漫不經心**的態度，只是想**戲弄**一下狐格森。於是，他向狐格森說：「可以給我看看嗎？或許我能幫上

忙呢。」

「真的？」狐格森慌忙掏出那一張骯髒的紙，交給了華生。

華生打開紙張，就看到當中排列了很多數字，有**4個**更以紅筆圈着，其中**3個**還打了叉。

GW＼Alter	0-15	16-30	31-45	46-60	61-75	75+	
10	0.3	1.9	3.2	2.8	2.1	1.5	
20	0.3	2.5	4.1	3.3	2.9	1.9	
30	0.4	2.9	5.5	3.9	3.5	2.3	
40	0.4	3.4	6.9	4.4	4.2	2.7	
50	0.5	4.1	7.7	5.0	4.7	3.6	Gift
60	0.5	4.9	8.4	5.7	5.3	4.2	
70	0.5	5.8	9.3	6.2	5.7	4.8	
80	0.5	6.3	10.1	6.8	6.1	5.4	
90	0.5	6.9	11.0	7.6	6.6	5.9	
100	0.6	7.4	11.8	8.3	7.1	6.3	

「除了那些數字令人摸不着頭腦外，左上角的Alter(改變)和右面的Gift(禮物)兩個詞也令人莫名其妙啊。」狐格森苦惱地說。

「唔……」華生瞥了福爾摩斯一眼，故意提高聲量說，「這麼複雜的數表，相信連倫敦大學最厲害的數學教授也看不懂呢。」

「甚麼？」聞言，福爾摩斯睜開了眼睛，好奇地問，「真的有那麼難嗎？」

「太難了，你看不懂的。」

「我看不懂？」福爾摩斯更好奇了。

他坐直身子，湊過頭去看了看，想也不想就說：「太易了，是『假朋友』的意思。」

「假朋友？」狐格森茫然。

「若有兩個來自不同語言的單詞，其串法或讀音極**相似**，意思卻**南轅北轍**的話，在語言學上，就會把它們稱為『假朋友』(False friend)。」福爾摩斯已忘了腦閉塞，**口若懸河**地解釋，「例如英文的Alter是指**改變**，在德文卻是指**年齡**。所以，這兩個Alter就是假朋友了。而Gift在德文中的意思是**毒藥**，而非**禮物**呢。」

「那GW又是甚麼意思？」華生問。

德文意思：
Alter→年齡
Gift→毒藥
GW→Gewicht→重量

「應該是德文中**Gewicht**（**重量**）的縮寫。」

「年齡、毒藥、重量……」華生在心中把字詞及數字表串連起來。

「莫非這是……」

「對，這個數表記錄的應是毒殺所需的**劑量**，針對的是不同**體重**及**年齡**的人。」福爾摩斯眼中閃過一道寒光，「所以，這個數表其實是一張毒殺用的~~殺人說明書~~！」

「啊！那麼，這個數表一定是屬於兇手的！」狐格森緊張地說，「而且兇手一定是**德國人**！」

「沒錯。」福爾摩斯說，「看他圈着的數字，就知道其**目標人物**的年齡和體重，和應該落多少毒藥。」

「麥克今年**50歲**，即46至60歲⋯⋯」福爾摩斯指向「46-60」那一行，「他的體重是多少？」

GW＼Alter	0-15	16-30	31-45	46-60	61-
10	0.3	1.9	3.2	2.8	2
20	0.3	2.5	4.1	3.3	2
30	0.4	2.9	5.5	3.9	3
40	0.4	3.4	6.9	4.4	4
50	0.5	4.1	7.7	5.0	4
60	0.5	4.9	8.4	5.7	5
70	0.5	5.8	9.3	6.2	5
80	0.5	6.3	10.1	6.8	
90	0.5	6.9	11.0	7.6	

狐格森翻了翻記事本子，說：「**176磅**。」

「176磅？GW（重量）那一欄沒這麼大的數字啊。」華生說。

「兇手用的應是**公制**，176磅換算是公制的話，大約是**80公斤**。」大偵探指着「80」那一行向橫掃去，在打了叉的數字「**6.8**」上停了下來。

「啊！」狐格森和華生**不約而同**地驚叫。

「『6.8』屬於『46-60』歲那一行，與麥克的年齡吻合。毫無疑問，『6.8』就是殺死他所需的毒藥劑量！」福爾摩斯**一語道破**。

「兇手下了6.8公斤的毒藥？」狐格森問。

「哎呀！怎可能啊！」福爾摩斯沒好氣地說，「應該是**6.8克**才對。」

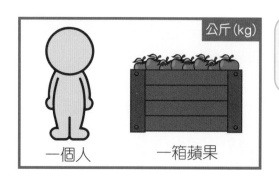

公斤(kg)

一個人　　　　一箱蘋果

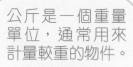

公斤是一個重量單位，通常用來計量較重的物件。

克(g)

克也是一個重量單位，用於計量較輕的物件。

「將6.8公斤換算成克，即是6800克。那足有**一包米**的重量，怎可能把這麼多毒藥塞進小小的**杯**內？」福爾摩斯道，「所以，毒藥的重量單位應該是**克**。」

「有可能是**安士**嗎？」華生仍抱有疑問。

「不太可能，6.8安士超過190克，差不多是盛滿**整個威士忌杯**的分量，哪有可能加進酒杯裏。而且，繪製這張表的人，不會時而用公制，時而又用英制吧。」

案中的威士忌酒杯容量大約200毫升。

如用它盛米，最多可盛約200克。

公制是以十進制為基礎的量度系統，它們的單位互化時，都是乘以 10 或除以 10 的次方數。

我知道，而英制就是英國現在用的系統啦。

每安士約等於 28.35 克，所以 6.8 安士約等於：
6.8 x 28.35 = 192.78 克

「原來如此。」狐格森指着數表中的道，「那麼另外3個圈着的數字難道是……？」

「其中兩個打了叉的該屬於另外2名死

者，至於剩下的那個嘛，很可能就是兇手**最後**的目標人物。」福爾摩斯眼底閃過一下寒光，「我們要盡快抓到兇手，阻止他向最後的目標行兇！」

「但**人海茫茫**，別說找兇手，連他最後的目標是誰也不清楚啊！」狐格森**愁眉苦臉**地說。

福爾摩斯想了想，問：「對了，你剛才說在酒杯中驗到毒藥，那麼，**酒瓶**內的酒是否也驗出毒藥呢？」

「不，酒瓶內的酒沒有**毒**。」狐格森答道，「據當時其他客人所見，酒保是在麥克前面倒酒的。所以，他也不可能在麥克面前下毒吧。」

「唔，酒瓶的酒沒有毒……」大偵探沉吟半晌，突然**靈光一閃**，「對了，是**酒杯**！

毒藥是預先放到酒杯內的！」

「那酒保說，他接過侍應遞來的酒杯後，就直接往杯內倒酒，並沒留意杯中有沒有其他東西。」

「那個侍應很**可疑**！」福爾摩斯猛然站起來。

就在這時，門外傳來「**噠噠噠**」的急促腳步聲。

「狐格森，不好了！」李大猩推開大門叫道，「那個侍應是**假**的，真的那個原來躺在醫院中！」

「甚麼？」三人都**大吃一驚**。

「我在醫院殮房處理麥克家人的認屍程序後，遇見了河馬巡警，他說剛為一個**遇襲案傷者**錄取口供，得悉傷者原來是毒殺案酒吧的侍應。」李大猩緊張地說，「原來案發當日，他在家中被人**打暈**，醒來時已身在醫院了！」

「我明白了！」狐格森搶道，「一定是兇徒先打暈真侍應，然後**假扮**成替工在酒吧落毒殺人！李大猩，你在酒吧調查時竟沒察覺，實在太大意了！」

「甚麼？你說我**大意**？那傢伙說自己是替工時，我已感到可疑，只是未找到證據才沒

說而已。」李大猩地反駁，「哪像你，到

現在才如夢初醒！」

「你說甚麼？我後知後覺？」

「哎呀，別吵了。」華生連

忙勸止，「現在最重要的是找出兇手和他的下

一個目標啊。」

「下一個目標？」李大猩不明所以。

華生把那張數表遞過去，一五一十地道

出福爾摩斯的分析和結論。

「原來這張數表隱藏了這麼重大的信

息！」李大猩恍然大悟。

「對了，你陪同麥克的家人認屍時，有否

向他們打探到甚麼？」福爾摩斯問。

「當然有！麥克的妻子說他們一家原本住在**格拉斯哥**，幾年前才搬到倫敦來。還有，麥克還曾經是**羅曼幫**的成員呢！」

「羅曼幫？」狐格森大吃一驚，「那個**臭名昭著**的格拉斯哥黑幫？」

「原來如此。」大偵探狡黠地一笑，「看來，我們找到**切入點**了。」

「即是怎樣？」華生問。

「我們**兵分兩路**，李大猩和狐格森去查一下另外兩名毒殺案的死者，看看他們是否也與羅曼幫有關。至於我和華生嘛，就去**喝杯**

咖啡吧。」

「咖啡？」三人面面相覷。

「歡迎兩位光臨啊。」正在沖咖啡的**貝里**，看見福爾摩斯和華生走近吧檯後，便連忙上前打招呼。

這是一家警探們常聚腳的**高級咖啡廳**，貝里曾牽涉高利貸勒索案，幸得福爾摩斯等人相助，不但為他解決了難題，還介紹他到這裏工作，讓他可以**重新做人**。

「看來你在這兒工作挺順利呢，不過——」福爾摩斯指着吧檯上的價錢牌笑道，「怎會有這麼**便宜**的咖啡？」

「甚麼意思？」貝里搔搔頭。

21

「牌上所指的意思該是毫升（mL）吧？可是你卻寫成了 ML，那就變成 100 萬公升了呀。」福爾摩斯解釋說，「m 和 M 雖然都是單位的前綴，可是意思卻南轅北轍，不能搞錯啊。」

150mL

一個奧林匹克運動會泳池的容量最少是 250 萬公升，即 2.5ML。

「原來如此，我馬上<u>更正</u>。」

「其實，我們有事想打聽一下。」福爾摩斯問，「你對羅曼幫熟不熟悉？」

「羅曼幫？那個蘇格蘭黑幫嗎？我很久沒跟他們打交道了，只知道些 舊消息 。」

「不要緊，請告訴我們吧。」

「唔……」貝里想了想,「記得四年前羅曼幫的老大下了**江湖追殺令**,要取四個幫派成員的性命。但那四人**聞風先遁**,失去蹤影。」

「他們叫甚麼名字?」

「**麥克**、**艾倫**、**保利**,還有『**扒王**』森姆。」

「扒王?」福爾摩斯眼前一亮。

「那傢伙**無扒不歡**,所以得了這個綽號。」

「那麼,他應該很**胖**吧?」

「嘿!要是他騎到馬上,說不定能把馬壓成**肉醬**呢。」

						Gift
30	0.4	2.9	5.5	3.9	4.2	2.7
40	0.4	3.4	6.9	4.4	4.7	3.6
50	0.5	4.1	7.7	5.0	5.3	4.2
60	0.5	4.9	8.4	5.7	5.7	4.8
70	0.5	5.8	9.3	6.2	6.1	5.4
80	0.5	6.3	10.1	6.8	6.6	5.9
90	0.5	6.9	11.0	7.6	7.1	6.3
100	0.6	7.4	11.8	8.3	7.1	6.3

　　華生想起數表上那4個紅圈中，有個未打叉的數字，正好在體重100公斤的那一行上，難道那就是代表森姆？

　　「羅曼幫的老大為甚麼要殺他們？」大偵探繼續問。

　　「聽說是麥克想洗手不幹，另外三人就幫他逃走，但黑幫哪會讓人退出？所以就下令執行家法，要把他們除去。」貝里說。

　　「那麼，森姆現時在哪裏？」

　　「聽說他逃來倫敦後，就銷聲匿跡了。

不過，有人見過一個很像他的人曾在謝爾頓街的一間扒房吃飯。」

「這麼說的話……」大偵探眼中閃過一道寒光，「謝爾頓街那間扒房就是目標所在！」

兩人告辭後，剛步出咖啡廳，就碰到李大猩和狐格森。

「你們真快，查到了甚麼嗎？」福爾摩斯問。

「有大發現！」李大猩神氣地道，「在樸茨茅夫和多佛遭到毒殺的分別叫艾倫和保利，兩人以前都是羅曼幫的成員！」

「果然如此，那就印證了貝里的說法。」福爾摩斯道，「我們也快去部署一下吧！」

兩天後，福爾摩斯四人來到謝爾頓街的扒房，像忘了調查似的只顧**大快朵頤**。

　　「唔⋯⋯唔⋯⋯這間扒房的牛扒真**好吃**，唔⋯⋯難怪那個『扒王』不惜冒險也跑來光顧。」福爾摩斯嘴裏塞滿牛肉，有點**音調不清**地說。

　　　　「唔⋯⋯對，真是**好吃**！」狐格森讚道。

　　　　「唔⋯⋯唔⋯⋯**好吃！好吃！**」李大猩**狼吞虎嚥**地拼命吃。

　　「又說要部署，但為何我們在吃大餐啊？」華生比較**清醒**，不忘問道。

　　「當然是為了查案啦！」大偵探把牛扒吃得**一乾二淨**後，施施然地拿起酒

杯，呷了一口紅酒說，「啊，真滿足。」

「別賣關子了，看你**成竹在胸**的樣子，一定已有計劃吧？」李大猩抹一抹嘴，問道。

「沒錯，昨天我已查得這家餐廳新請了**三個廚師**，他們今天來試工。」福爾摩斯說，「此外，那個『扒王』森姆也訂了位在**今晚**來吃飯。」

「啊？三個新廚師？」華生問，「難道⋯⋯」

「沒錯，當中一個應該是**殺手**。」福爾摩斯狡黠地一笑，「所以，我已和餐廳老闆說好了，讓我和你**假扮**洗碗工，潛入廚房調查。李大猩和狐格森就**埋伏**在外，伺機進行拘捕。」

換上洗碗工的衣服後，華生與福爾摩斯蹲在廚房的洗碗盆前洗碗。

廚房中一片**忙亂**，那三個新廚師正在忙於做菜，華生不時看過去，心中暗想：「兇手是哪個呢？」

「別四處張望，否則很易**露餡**的。」福爾摩斯邊說邊把洗好的碗碟放到桌上。

「不看又怎樣找兇手啊？」華生低聲反駁。

「唉，果然是**新手**，對監視之道**一竅不通**呢。」大偵探往廚師們瞄了一眼，「就算是看，也要**不露痕跡**，你這麼**明目張膽**，很易暴露身份啊。」

這時，其中一個新廚師正在攪拌一鍋醬汁，並自言自語地說：「接着放大約**2安士**的鹽……」

他抓起了一把**鹽**，灑進鍋裏，又再攪了一會。然後，站在後頭的二廚用湯匙舀了一些出

來試味，並點了點頭。

之後，第二個新廚師則把
醬汁澆上燒好的牛扒：「嗯……
要放大約**20毫升**醬汁。」

「咦？他們怎麼一個用
英制，另一個用 **公制** 單位啊。」華生輕聲問。

「用公制的那個廚師是來自外國的吧，畢
竟歐洲大部分地區已採用公制，而英國則繼續
使用英制。」

英制單位中，有些是
以人體手腳的長度
作為標準，有些單位
的起源則已不可考。

法國大革命後，歐洲大陸
就開始出現公制，它是以
一些自然界的物理
現象為標準。

▲例如一呎
（Foot）原本
是說明一隻腳
板的長度。

1L

4℃

▲例如 1 公斤曾經是指 1 公升水
在攝氏 4 度時的重量 *。

* 目前1公斤已改用物理方程式來定義，而不以任何物件為標準，以免其標準隨物件變化而改變。

「喂，你在幹甚麼啊？」

此時一聲大叫打斷了福爾摩斯的解說。

「我叫你倒 **1及耳** 的酸奶油，那是**5液量安士**，而不是10液量安士啊！」二廚正向第三個新廚師破口大罵，「還有，**1磅**牛肉是**16安士**啊，你怎麼只量了**10安士**？」

「呃……我以為是**十進制**……」那廚師期期艾艾。

「咦？不是說三人都是**經驗老到**的熟手嗎？怎麼這個人**錯漏百出**呢？」華生詫異。

「看來那人習慣使用公制，卻不習慣英制單位的轉換。」福爾摩斯說。

---

x14　　　　x16

1 石 ▶ 14 磅 ▶ 224 安士

▲英制單位轉換時，要乘或除的數時常不同，外行人很易攪錯。

x1000　　　　x1000

1 公斤 ▶ 1000 克 ▶ 1000000 毫克

▲而公制單位的轉換只須以 10 的次方數，即 10、100、1000 等來計算，這也是公制單位的好處。

「那人以為1及耳是10液量安士、1磅又等於10安士，真是錯得離譜。看來，他就是我們要找的人呢。」說完，福爾摩斯施施然地走近那可疑的新廚師，微笑道，「先生，你是德國人吧？我們正調查一宗毒殺案，想請你——」

但大偵探話未說完，對方已一個急轉身，拔足就向後門逃去。

那人「砰」的一腳把門踢開，可是他只跑了兩步，就被埋伏在外的李大猩馬上按倒在地上。

「嘿嘿，還想往哪跑啊？」

狐格森衝前一搜，就從那廚師身上搜出了一包**藥粉**，正好跟毒死麥克和另外兩人的毒藥一樣。四人把他**拘捕歸案**後，蘇格蘭場還查出他是羅曼幫從德國聘來的殺手，與那張用德文標記的數表**不謀而合**。

幾天後，華生和福爾摩斯在餐廳討論案件。

「麥克他們了這麼多年，那黑幫還不肯放過他們，真狠呀。」

「就如貝里所言，黑幫做了這麼多見不得人的勾當，當然怕麥克他們會成為污點證人，所以只好殺人滅口。」

「說起來，那個森姆怎樣了？」

「他會在法庭指證羅曼幫的老大。」大偵探道，「另外，警方已在蘇格蘭把黑幫其他成員都抓起來了，估計森姆的證供足以把他們送進監獄吧。」

「但願如此。」

「不過，想不到這次查案讓我們免費吃了一頓豐富的牛扒餐，如果天天都有這種案

子，你說多好啊。」福爾摩斯流着口水說。

「天天都吃牛扒，想變成大胖子『扒王』偵探嗎？」華生乘機揶揄。

「『扒王』偵探？」福爾摩斯**赫然一驚**，腦海中浮現出自己變成大胖子的樣子。

一些常用的單位

公制單位：

容量
公升（1 公升 =1000 毫升）
分升（1 分升 =100 毫升）
厘升（1 厘升 =10 毫升）
毫升

重量
公噸（1 公噸 =1000 公斤）
公斤（1 公斤 =1000 克）
克（1 克 =1000 毫克）
毫克

英制單位：

容量
加侖（1 加侖 =8 品脫）
品脫（1 品脫 =4 及耳）
及耳（1 及耳 =5 液量安士）
液量安士 （1 液量安士 = 約 28.41 毫升）

重量
夸特（1 夸特 =2 英石）
英石（1 英石 =14 磅）
磅（1 磅 =16 安士）
安士 （1 安士 = 約 28.35 克）

犯罪預告函

福爾摩斯**先生**：

計時**炸彈**即將**爆炸**，請快去拆除。

現給你**2個**關於**時間**和**地點**的提示。

A、B、C 三個時鐘在5月20日下午

2時開始運行，到第二天再

錶時間

變慢4小時，保持這慢速度

三個鐘再次同時向

提示卡

少年偵探的時間，謝謝

中間1小時休息，

只要5天

「嗚嗚……艾倫叔叔，我不要**打針**……」一個瘦弱的男孩**縮在床邊**，眼眶含淚地說。

「吉米乖，相信我，你很快就不用再打針了。」艾倫‧佩奇醫生一邊用針筒從藥瓶抽取藥水，一邊輕聲**安慰**。

他在這所瑪嘉烈兒童醫院任職一年了，專門診治身患重病的小孩，包括侄兒吉米‧佩奇。

自吉米的父母因意外去世後，他就收養了當時只有7歲的吉米。**禍不單行**，小吉米不久便患了重病，須長期留院治療。為了使這討厭打針吃藥的小傢伙「**就範**」，他可謂出盡法寶。

「吉米，如果你乖乖的，我就送你一份**禮物**。」說着，艾倫吩咐護士拿出一個**包裹**。

「那是甚麼？」吉米**眼前一亮**。

「打針後就讓你看。」

吉米猶豫片刻，終於伸出手臂，**不情願**地道：「別騙我啊。」

「我何曾騙過你？」說着，佩奇就往小病人扎上了針。

打針過後，吉米**迫不及待**地接過包裹拆開來看，原來是一套**偵探小說**。

「嘩，謝謝叔叔！」他隨即翻開一本，只是看了幾頁，就已看得**津津有味**，完全投入到

書中的偵探世界去了。

艾倫見吉米那副**專注**的模樣，就悄悄地退出了病房。

兩個小時後，當他再來看吉米時，卻聽到吉米**喃喃自語**：「我能與大偵探一起去**探案**就好了。可是，我何時才能**出院**呢？」

艾倫看着吉米落寞的表情，良久不能言語。

「**神秘信件？**」福爾摩斯好奇地問。

「對，房東太太剛剛交給我的。信封上除了地址，還有『致福爾摩斯先生』幾個字。」華生放下手提箱，「只是這些字全都是**拼貼**而成的。」

福爾摩斯接

過信件**小心**地打開細閱，眉頭也愈皺愈緊。

「信上寫了甚麼？」華生問。

「看來是一封**犯罪預告函**。」

「犯罪預告？」華生**大吃一驚**，慌忙奪

過信件細看。

福爾摩斯**先生：**

　　　計時**炸彈**即將**爆炸**，請快去拆除。

現給你 **2 個**關於**時間**和**地點**的提示。

　　A、B、C 三個時鐘在 **5 月 29 日** 下午

2 點開始運行，到第二天下午 2 點為止，A

鐘時間⋯⋯，B 鐘走快 **4 小時**，而 **C** 鐘

走慢 **4 小時**。保持這個速度，當 A、B、C

三個鐘**再次同時**指向 2 點時，**炸彈**就會**爆炸**了。

　　埋藏點不遠，如果你以時速 **15 里** 前往，

會早 **1 小時**抵達，如果你以時速 **10 里** 前往，

會晚 **1 小時**抵達。

　　　　我們 於**2 點** 見。　　　　　　神秘**人** 字

＊英國本應用「哩」，為方便計算，本篇故事全用「里」來計算距離。

「這是惡作劇吧？」華生難以置信。

「但如果真的有**炸彈**，那就不堪設想了！不論是否惡作劇，我都要親自去確認一下。」

「可是，信上只有**時間**的提示，卻無**地點**的提示，怎樣找啊？」

「首先，要算出時間和距離，這個不難解決。」

難題①：
大家知道如何計算爆炸日期、時間和距離嗎？答案可在第55頁找到！

「甚麼？難道你已算出來了？」華生驚訝。

「今天是**6月1日**……」福爾摩斯沉吟，「只有**距離**，卻沒有**方向**……奇怪……」

「說到奇怪，這裏也很奇怪啊。」華生指着

最後一行字說，「『**2 點**』竟貼反了，寫信人也未免太粗心了。」

「原來如此！」福爾摩斯突然大叫，「**方向**！這就是方向！」

「甚麼意思？」華生不明所以。

「**2 點**不光是指時間，還暗示炸彈的**方位**呀！」福爾摩斯快速鋪開一幅**倫敦地圖**，在上面計算和丈量起來。

半徑＝60里

貝格街
221號B

「是這裏。」幾分鐘後，福爾摩斯在倫敦的 **西北部** 圈出一個地點，「事不宜遲，我們立刻出發。」

二人在街上截了一輛馬車，直往目的地趕去。

「爆炸時間就是今天 **2點**？」華生不安地問。

「對，三個鐘將在今天下午2點，也就是1小時後，再次同時指向2。」

「那**地點**呢？」

「嘿嘿，確定地點可是你的功勞呢！」福爾摩斯狡黠一笑。

「我？」
華生一頭霧水。

「你說『「2點」竟貼反了』

提醒了我，要知道，特意把文字貼反其實更麻煩，所以『點2』一定是提示。」

「甚麼提示？」

「方向啊。」

「你是說地點在2點鐘的方向？可你圈出的並不是那裏啊。」

「想想看，在甚麼情況下，看到的字會左右反轉？」

華生取出信從不同角度端詳着說：「從紙的

反面看？」

　　「試試對着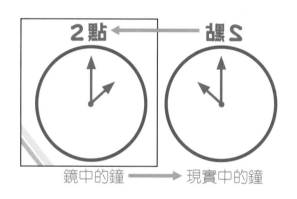子看。」福爾摩斯一語道破，「信中的『2點』在鏡中看才是『2點』。如果鐘的時針在鏡中指向2點方向，在現實中則指向10點才對。」

鏡中的鐘　⟶　現實中的鐘

　　「啊！所以『2點』是指炸彈在貝格街的10點鐘方向！」華生茅塞頓開。

　　45分鐘後，馬車已來到一所兒童醫院。

　　「這裏有許多病童，疏散起來非常困難，犯人真是冷酷殘忍！」華生氣憤地說，「況且醫

院這麼大，去哪找炸彈啊？」

「冷靜，應該還有線索藏在某處。」福爾摩斯觀察着四周。

這時，一個年約10歲、身穿病人衣服的小孩走到兩人跟前，說：「**你是　福爾摩斯先生吧？**」

「小朋友，你認識我？」大偵探蹲下來問道。

對方並未回答，只是將一封 **信** 塞向福爾摩斯：「這是給你的。」說完，就 **蹦蹦跳跳** 地走開了。

福爾摩斯急忙取出信函。果然，信上也是佈

滿拼貼字。

給及時趕到的 福爾摩斯 先生 最後一個提示：

L =36   ⌐ =108 | = 72

再次提醒，我們2點見。現在你知道要來幾號
病房找我了嗎？

福爾摩斯看過信後，向一位路過的護士問
道：「請問24號病房在哪裏？」

護士伸手指向右側的大樓，說：「那邊第三
層右邊的最後一間房就是了。」

「你怎知道是24號病房的？」
華生問。

「先別問，破案要緊！」福爾
摩斯話音未落，已奔向那棟大樓。華

難題②：
大家知道為甚麼是
24號病房嗎？答案
可在第56頁找到！

生也只好趕忙跟上。

　　不一會，二人來到了24號病房前。

　　福爾摩斯從口袋掏出懷錶，輕聲道：「只剩**3分鐘**。」說着，他緩緩扭動門把，打開了房門。

　　「**砰！**」一聲巨響突然響起，把兩人嚇了一跳。

　　「哈哈！福爾摩斯先生！沒想到你真的來了！」一陣**天真爛漫**的笑聲傳來。

兩人定睛一看，只見病房內飄滿了閃亮的彩色紙屑。一個瘦弱的男孩站在病床上，不斷揮舞手中破了的氣球。

　　「對啊，我來了，吉米。」大偵探稍為鬆了一口氣。

　　華生這才看到，房門名牌上寫着「吉米・佩奇」。

　　「寄信給我的是你，託人在樓下送信的也是你，你就是寫信人吧？」福爾摩斯歎道，「為甚麼要這樣做呢？」

　　「因為我想見你啊，但我無法離開醫院，唯有用這種辦法引你來。」吉米得意地笑道，「想不到我真的騙過了大偵探！」

　　「吉米，惡作劇也要有分寸。」福爾摩斯嚴肅地說，「醫院內的人們若得知這假消

息，可能會引起極大的**混亂**和**恐慌**，甚至**危害**其他孩子，這些後果你想過嗎？」

「啊……」吉米呆了半晌，最後更低下頭來**飲泣**，「我……我沒想到會這麼嚴重的……嗚嗚嗚……對不起，我知錯了！」

「幸好我沒說出去——」

「**你們是甚麼人？**」一個身影衝過來，打斷了福爾摩斯的說話，並擋在吉米身前。

「吉米你沒事嗎？他們沒有**傷害**你吧？」原來衝進來的是**佩奇醫生**。

「艾倫叔叔，我……」

「佩奇醫生，我叫福爾摩斯，這位是我的拍檔華生。」福爾摩斯看了看佩奇胸前的 名牌 ，微笑道，「我們是應令侄**邀請**前來看他的。」

佩奇醫生呆了一下，不禁笑道：「啊，原來是福爾摩斯先生，我在報紙上看過你的照片，剛剛真是失禮了。」

「不，失禮的是我們才對。我剛才講了個**可怕的罪案**給吉米聽，把他嚇哭了，希望不會影響他的病情吧。」大偵探向吉米**眨眨眼睛**，「哎呀，我也真是的，一說到罪案就會失了分寸，實在抱歉。」

聞言，佩奇醫生擔憂地問侄兒：「平常你很**大膽**的，是甚麼罪案嚇哭了你啊？」

「不，叔叔，我沒事。」吉米吸吸鼻子，「福爾摩斯先生說的**炸彈案**有點令人害怕而已。」

華生聞言，不禁發出**會心微笑**。

「對，那宗炸彈案確實有點可怕。」大偵探也笑道，「這樣吧，等你出院後，就來貝格街**參觀**一下偵探社，看看我們如何查案，當是向你**賠罪**吧。」

「真的嗎？你別騙我啊！」

「你這麼**聰明**，我哪能騙到你？」福爾摩斯說罷，看了看懷錶，故作緊張地向華生說，「糟糕，時間已到了，我們得去調查一宗**炸彈騙案**啊！」

華生意會，也**裝作驚慌**地說：「對，是炸彈騙案！」

說完，兩人揮揮手，就匆匆忙忙地走了。

佩奇醫生**不明所以**地自言自語：「炸彈騙案？究竟是甚麼案子呢？」

病床上的吉米卻笑得合不攏嘴，因為這是只
有他才知道的秘密啊！

福爾摩斯的計算過程

難題①中，為甚麼爆炸時間是6月1日呢？

從 29 日下午 2 點到第二天下午 2 點，1 天內 B 鐘走快 4 個小時，C 鐘走慢 4 個小時。若三個鐘速度不變，就可推算：

5月29日下午 2:00

A 鐘　　B 鐘　　C 鐘

5月30日下午 2:00

A 鐘　　B 鐘　　C 鐘

5月31日下午 2:00

A 鐘　　B 鐘　　C 鐘

6月1日下午 2:00

A 鐘　　B 鐘　　C 鐘

單靠計算也可直接得出：3 個鐘要再次同時指向 2，B 鐘須走快一整圈，C 鐘須走慢一整圈，即是 12 個小時，那需要 12÷4=3 天。從 5 月 29 日下午 2 點算起的 3 天後，就是 6 月 1 日下午 2 點。

距離又如何計算呢？

距離 = 速度 × 時間

↓

$15 \times y = 10 \times (y+2)$

↓

$15y = 10y+20$

↓

$15y-10y = 10y+20-10y$

↓

$5y = 20$

↓

$5y \div 5 = 20 \div 5$

↓

$y = 4$

計算出 y = 4 個小時，
距離就是 $15 \times 4 = 60$ 里。

約定時間是 2 點，以時速 15 里前往，則 1 點可到達；以時速 10 里前往，3 點可到達，比前者多用 2 個小時。假設時速 15 里時需 y 個小時到達，那麼當時速為 10 里時，就需 y+2 個小時。

 難題②中，如何知道是 24 號病房呢？

那些符號其實是時鐘的指針！信中又提到「2 點見」，我立刻想到用 2 點的指針計算病房號碼。

$12 \times 3 = 36$

$12 \times 9 = 108$

$12 \times 6 = 72$

$12 \times 2 = 24$

「**咯咯咯。**」貝格街221B響起了一陣敲門聲。

「噢，福爾摩斯回來了……」華生轉念一想，「不，他有鑰匙，又何須**敲門**。」

他走去打開門，看到一位 西裝筆挺 、肩頭掛着斜揹袋的男人站在門外。

「你好，請問福爾摩斯先生在嗎？」那男人問道。

「他剛巧 出去 了，但一會兒便回來。」華生說，「請進來等一等吧。」

「好的。」男人走進客廳，又問，「你是華生先生？」

「你認識我？」

「大偵探福爾摩斯與搭檔華生醫生在倫敦**有誰不識**？」對方笑道，「對了，我叫約翰·史密斯，今次前來是**有事相求**。」

說着，他從斜揹袋裏拿出一卷**泛黃**的紙卷，放在桌上攤開。

那是一幅**地圖**。

「這是我祖父流傳下來的藏寶地圖，據說目標地點埋有價值連城的**黃金**。可是一直無人破解到所藏位置，所以我想請你們幫忙。」

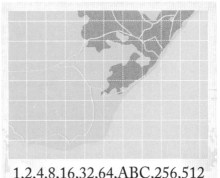

1,2,4,8,16,32,64,ABC,256,512
3,4,6,8,12,14,18,20,24,DE
3,1,4,1,5,F,2,6,5,3,5
座標：ABCDEF

華生定睛細看那幅地圖，上面有些**斑駁**的污漬，角落還有幾行細字。

「那些似乎是**數列**，每個英文字母該是代表了一個數字。」華生**喃喃自語**，「但它們代表甚麼數字呢？」

「甚麼代表**數字**？」忽然一個**口齒不清**的聲音從背後響起。

華生回頭一看，只見福爾摩斯一手拿着蛋糕店的紙盒，一手拿着一塊蛋糕，**津津有味**地吃着。

「説好買點心回來後一起吃下午茶的，但你竟然**偷吃**，太過分了！」華生不滿地説。

「我排隊排了好久才買到，已餓得**頭暈眼花**，有權先吃一塊呀。別那麼小家子氣，你的那份仍在呢。」説着，福爾摩斯把紙盒塞到華生手中，然後轉向史密斯問道，「請問閣下是？」

史密斯再次道明來意。當我們的大偵探一聽到有黃金，馬上**雙眼發亮**，只往那些數列瞥了一眼，便**成竹在胸**地説：「沒問題，對於地圖上的謎題，我已有頭緒。」

「這麼快就有頭緒？」華生**訝異**。

「哎呀，破解這種謎題，簡直**易如反掌**呀。」福爾摩斯説，「第一行與**乘數**有關；在第二行，

61

如果你知道**質數**是甚麼，又試試將每個數字減去某個數，就會得到答案；至於第三行嘛，整個數列其實是某個與**圓**有關的數字呢。」

「太好了！」史密斯興奮地說，「既然已知道答案，我們明天馬上去**尋寶**吧！」

「且慢。」福爾摩斯說，「我們還未談好**分成**呢。」

「分成？」史密斯一怔。

「你知道我的**腦汁**是很貴的嗎？」福爾摩斯指着自己的腦袋說，「破解謎題要花很多腦汁啊。」

「那麼，請問你的**收費**是多少？」

「就這樣吧！」福爾

難題①：
大家知道座標是甚麼嗎？答案在第 77 頁！

摩斯舉起手掌，張開了**5隻手指**。

「**50鎊** **？**」

福爾摩斯搖搖頭。

「**500鎊？**」

福爾摩斯搖搖頭。

「不……不會是**5000鎊** 吧？」史密斯額上滲出了幾滴冷汗。

福爾摩斯搖搖頭，狡黠地一笑：「是**5%**！寶藏價值的5%！」

「5%？」華生心中暗忖，「要是寶藏**價值連城**，5%也非**小數目**啊。」

「啊，原來是5%……」史密斯掏出手帕，抹一抹額上的汗，鬆了一口氣說，「好的，反正是**意外之財**，找到的話就5%吧。」

「**成交！**」福爾摩斯握着史密斯的手用力地搖動，把史密斯搖得整個人也|晃||動|起來。

華生看到此情此景，只能無語。

翌晨，三人乘馬車前往地圖提示的地方——修適士郡的 唐斯丘陵 。中午時分，他們終於抵達目的地。

「根據**座標**指示，應該還要向東走數哩路呢。」福爾摩斯看看史密斯手上的地圖說。

於是，他們越過人煙稀少的草原和樹

林，途中又經過幾間養蜂戶的農舍，走了大半個小時，來到一所**教堂**門前。

「該是這裏了。」福爾摩斯跳下馬車，推開厚重的**木門**走了進去，華生和史密斯連忙跟上。

教堂內的牆壁上有不少磚塊剝落，中殿兩側的木椅滿佈塵埃。四周一片**昏暗**，只有幾縷陽光從祭壇上方的彩色玻璃窗灑在地上。那扇玻璃窗呈**十二邊形**，在昏暗中顯得特別漂亮。

「這裏似乎已被**廢棄**多年，真的有寶藏嗎？」華生四處張望。

「先看看周圍有否線索吧。」大偵探道。

於是，三人分頭到各處查看。不一刻，福爾摩斯突然「咦」的大叫一聲，華生和史密斯立即走過去看，只見對方正蹲在祭台前。

「怎麼了？」史密斯問道。

「這裏的地板上劃了一個古怪的長方形，當中3個角各有1個十二邊形的凹槽。」福爾摩斯指着圍繞長方形的3個角落，「至於最後1個角則插着燭台，其底座也呈十二邊形，但

一般底座該是圓形的吧。」

　華生湊前一看，那長方形果然有3個十二邊形凹槽，槽底還有以**彩色色塊**組成的圖案。

　「這裏還有一段文字！」史密斯指着地板的一角說，「『**順時光轉動，將秘密打開**』，即是甚麼意思？」

　「時光……時……光？」福爾摩斯沉吟半晌，突然興奮地叫道，「對了，是**燭台**！去找一找這裏的燭台！」

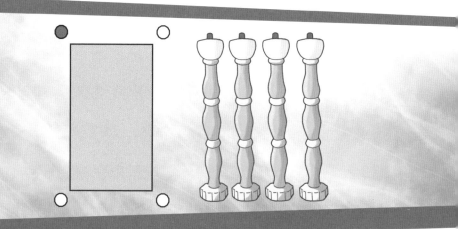

三人到處尋找，終於在祭台下發現4個燭台，其底座也呈十二邊形，而且底部有許多**色塊**。

「十二邊形的燭台底座、十二邊形的凹槽……」華生**恍然大悟**，「難道要把這些燭台插進凹槽內？」

「有進步呢。」福爾摩斯讚道。

「但凹槽只有**3個**，要用哪3個燭台呢？」史密斯問，「此外，每個燭台要放到哪個凹槽中呢？」

「燭台底部的圖案共有**20個色塊**，且每種顏色數量不一。若把它們拆散，該能**重新組合**，並對應凹槽中的圖案。」大偵探指着燭台底道，「只是，當中有一個燭台的圖案是**無**

法對應的，可被篩走。」

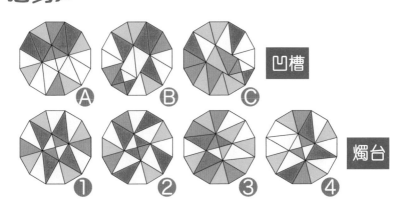

凹槽

Ⓐ Ⓑ Ⓒ

燭台

❶ ❷ ❸ ❹

福爾摩斯狡黠地一笑，很快便將餘下的3個燭台插進凹槽內。

「咦？甚麼動靜也沒有？」華生**大惑不解**。

「唉，華生，這次你思考得不夠仔細啊。」大偵探解釋，「不是説『**順時光轉動**』嗎？『光』就是指燭台，將它們順時針轉動，才能啟動機關啊！」

於是，三人同時轉動燭台。長方

難題②：
大家知道要放進哪 3 個燭台嗎？
答案在第 77 頁！

形地板下面發出了「咔咔嚓嚓」的聲響，其前方的一塊地板緩緩打開，露出一條垂直向下的爬梯。

「裏面似乎很深呢。」華生看着漆黑的洞，感到有點毛骨悚然。

「我先下去吧。」說着，福爾摩斯就沿梯子往下攀，其餘兩人緊隨其後。不一刻，三人就到達幾乎伸手不見五指的底部。

「哇，好黑呀！這樣怎尋寶啊？」華生擔心

地説。

福爾摩斯擦亮了一根火柴，看到梯旁的牆上有盞油燈。他立即把它點亮，這時才發現他們三人已身處一條長長的隧道中。

「燈裏還有一點油，應能撐個半小時，趕快搜索吧。」

三人沿隧道走了約10分鐘，就看到前方盡處有道門。

福爾摩斯小心翼翼地打開門，看到裏面是個巨大的房間。天花板竟透進日光，照在黑白交錯的地磚上。更不可思議的是，還有數個與華生差不多高的雕像站立着，仿似守護着這個密室。

「這好像是一個棋盤，那些雕像是棋子，但只有城堡和主教。」華生大感驚奇，「不

過每格都有個數字，又不似一般的棋盤啊。」

「看！」史密斯指向棋盤對面的大箱道，

「那個應該就是寶藏。」

「這棋盤叫『國王之

路』。」福爾摩斯指着入

口旁邊的一塊鐵牌説。

請扮演國王走過此處，只要串連起來的數字能被「最初的數字」整除，即可獲得所尋之物。

「是甚麼意思？」華生搔頭。

「在那棋盤上行走時，不是會經過一堆數字

嗎？它們串連起來就是一個 多位數 。」福爾摩

説解釋，「我們要想出一條行走路線，使那個

多位數能被開始時踩到的那個個位數 整除 。」

「即是要被 **8** 整除。」史密斯說,「但我們要怎樣——」

福爾摩斯沒等對方說完,便往前直走。但當他踩到第三格時,其中一個雕像棋子竟突然「咻」的一聲射出一枝箭。幸好福爾摩斯身手敏捷,用力一蹬就退回起點,避過了冷箭。

「好險!原來棋子是 **陷阱**。」福爾摩斯從口袋抽出紙筆,畫出棋盤和數字後說,「看來只有踏在正確數字上才不會被攻擊呢。」

「根據國際象棋的規則:一、城堡只能呈 **直** 排或 **橫** 排攻擊;二、主教只對整個 **斜行** 攻擊;三、國王可從上下、左右或斜行,**不可跳格**。我們走在棋盤上時,須按照國王的走法,且要

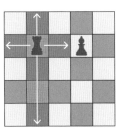

▲城堡攻擊範圍

▲主教攻擊範圍

避開城堡及主教的攻擊範圍。」福爾摩斯推論，

「最後據鐵牌提示，路線經過的數所串起來的

多位數，必須**被8整除**，這樣就得出一條路

線了。」

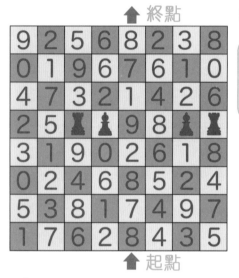

難題③：
要如何避開陷阱，又可串連出可被8整除的數字呢？答案就在第78頁！

　　不消一會，福爾摩斯就擬定出路線。三人小心翼翼地前進，終於**有驚無險**地走到寶箱前，並合力打開沉重的箱蓋。

　　「咦？這是⋯⋯」史密斯從箱內抬出一個老舊的木盒子。

「這是**養蜂箱**，之前我們調查『蜜蜂謀殺案』*時也看過類似東西。」福爾摩斯往箱內查看，不禁叫道，「但**黃金**呢？黃金在哪裏？」

「難道在養蜂箱中？」華生問。

「讓我打開看看。」史密斯打開養蜂箱，可是箱內**空空如也**，只有一本**筆記簿**。

「寫着甚麼呢……？」他翻開筆記簿細閱。

「有提及黃金嗎？」福爾摩斯緊張地問。

「有！」史密斯**眼前一亮**。

「哇！太好了！」福爾摩斯大喜，「黃金在哪裏？」

「就在這個養蜂箱中。」史密斯興奮地說，「這是祖父留下的**養蜂筆記**，當中記載了養育蜜蜂，和提煉出上等蜂蜜的方法！」

* 詳情請閱《大偵探福爾摩斯㉑蜜蜂謀殺案》。

「那麼黃金呢？」福爾摩斯焦急了，「我問的是黃金啊！」

「上等的蜂蜜色澤金黃，不就是黃金嗎！」

「甚麼？」福爾摩斯幾乎當場猝倒。

「哈哈，『黃金』蜂蜜也不錯啊。對了，我記得你要收取寶藏價值的**5%**作酬勞吧？」華生挖苦道，「筆記上記載的只是養蜂法，金錢價值等於0，而0的5%也是0，這次你**偷雞不着蝕把米**啦。」

「哼！」福爾摩斯**晦氣**地說，「這個月的租金快要到期，只能靠你了。」

「甚麼，又要我墊支？」華生的慘叫聲響徹整個房間。

福爾摩斯的解謎過程

難題①：

1,2,4,8,16,32,64,ABC,256,512

此數列每個數字是前一個數的 2 倍，於是 ABC 是 64x2，即 128，所以 A 是 1，B 是 2，C 是 8。

3,4,6,8,12,14,18,20,24,DE

把此數列所有數字減 1，就是 2,3,5,7,11,13…，這些全是質數。由此可知 DE 是 23 後下一個質數 29，將之加 1 就成了 30。所以 D 是 3，E 是 0。

3,1,4,1,5,F,2,6,5,3,5

此數列是把圓周率首 11 個數位順序寫出來，亦即 3.1415926535…，所以 F 是 9。

由此得出坐標是 128309。

難題②：

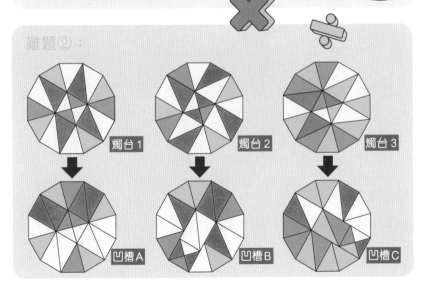

燭台 1　　燭台 2　　燭台 3

凹槽 A　　凹槽 B　　凹槽 C

難題③：

　　由於一個多位數只要最尾的 3 個數可被 8 整除，無論它的前面是甚麼數字，整個數都可被 8 整除。所以，只須確保福爾摩斯最後走的 3 格為 1、2 和 8 即可。

　　先把城堡和主教會攻擊及闖關者不能到達的格子（圖中的藍色數字）剔除，剩下的都可安全通過。

其中一個答案：
拼出來的多位數就是 8760982128，可被 8 整除。

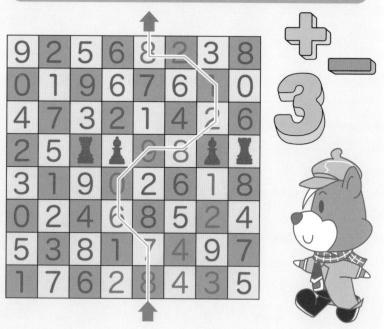

火場的證物

「這可能會成為外交問題！」

「為保險計，請福爾摩斯也上來看看吧！」

一個秋高氣爽的下午，蘇格蘭場的李大猩和狐格森你一言，我一語，把剛好路過的大偵探拉上火災的案發現場——一個在3樓的公寓單位。

陽光透過陽台從格子玻璃門照進室內，只見被燒剩一半的窗簾在風中擺動，窗邊的茶几

已被燒斷了腿倒在地上，在它旁邊的一把**木凳**和地上的**地氈**也被燒黑了。不過，距離格子玻璃門較遠的**書桌**和**保險箱**則安然無恙。

「據鄰居所言，這房間的租客在**法國大使館**工作，名叫皮埃爾，隻身從法國來到倫敦任職，離奇的是……」李大猩神色凝重地一頓，「他已幾天**不見蹤影**！」

「對，所以我們已立即命令部下去通知法國大使館。」狐格森**煞有介事**地說，「最近法國扣留了德國一名**間諜**，看來，德國為了**還以顏色**，就把皮埃爾擄走了！」

　　福爾摩斯心想，原來涉及**間諜戰**，難怪這對孖寶幹探急着把我拉進來調查了。如果這真的是**間諜擄人**而又能破案的話，他倆就可**邀功**了。

　　「門是從外面上鎖的，這顯示皮埃爾並非在家中被擄走！」李大猩說。

　　「對，一定是有人在街上把他抓走，然後把火頭從陽台拋進來，令屋內失火引起**騷動**，好讓法國政府**難堪**！」狐格森**自以為是**地推理一番。

　　福爾摩斯沒理會他們的**連珠炮發**，逕自走去檢查放在書桌上的一包**香煙**和一盒**火柴**。

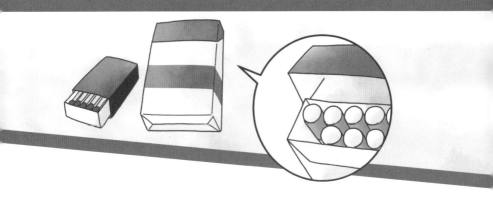

「已抽了一根呢。」福爾摩斯打開煙包看了看。接着，他又走到翻倒了的茶几旁蹲下來，撿起了一個**煙灰缸**。

「怎麼了？」李大猩問。

「從桌上的煙包和火柴可知，皮埃爾有**抽煙的習慣**。」福爾摩斯舉起手上的煙灰缸說，「它掉在茶几旁，證明本來是放在**茶几**上的。看來，皮埃爾曾坐在木凳上抽煙，抽完後把煙屁

股丟到煙灰缸內，但沒關好玻璃門就**外出**了。不幸地，窗簾被風吹起，碰到了未熄滅的煙屁股，結果導致**失火**。」

「甚麼？你認為火頭不是從窗外拋進來的？」狐格森問。

「沒錯。」

「怎可能？火災今天發生，但他已**失蹤**了幾天呀！」狐格森**質疑**。

「鄰居説他『幾天不見蹤影』，也許只是剛好**沒碰見**。所謂『失蹤』嘛，這要等法國使館回覆，才能作進一步推斷呀。」福爾摩斯説。

這時，李大猩瞥見書桌下有一張*紙*，他撿起來看了看，馬上興奮得叫起來：「福爾摩斯！你的分析全**錯**了！這肯定是間諜擄人事件！否則，怎會有這張**機密文件**？」

秘密就在保險箱內！想知道秘密，就解開難題找出**密碼**吧！

密碼：● ◆ ★ ▲ ■ ▼

難題①

● ◆ ★ = 550 ÷ 11 x (2 + 3)

難題②

▲ ■ ▼ = 由入口至保險箱的
　　　　直線距離（厘米）

聞言，福爾摩斯和狐格森連忙湊過去看。

「秘密在 **保險箱** 內……在正常情況下，我們不能碰外國使節家中的保險箱啊……」狐格森遲疑了一下，就說，「但現在 **情況緊急**，這關乎到使節的 **人身安全**！」

「為了救人，實在沒辦法！」

「真是 **逼不得已** 呢！」

看着孖寶幹探一唱一和，福爾摩斯 **一針見血** 地指出：「這裏有 **四個疑點**。①我們還未證明失蹤是否 **屬實**。②這張紙條應是放在桌上，卻被窗外的風吹到地上的。是誰把這麼 **重要** 的字條放在桌上？目的又為何？③外交人員的秘密理應放在辦公室，怎會帶回家呢？④這密碼──」

「事不宜遲！快來 **解碼**！」孖寶幹探不待大偵探說下去，已 **興致勃勃** 地開始爭先破解

密碼，活像找到新玩具的小孩子那樣。

「唉⋯⋯這密碼簡單得連**小學生**也懂破

解，保險箱的東西哪會是甚麼機密啊？」

福爾摩斯**沒好氣**地搖搖頭，正想轉身離開

時——

「答案是**10**！」

狐格森為了爭勝，

急不及待地大喊出

來，「所以 ● ◆

★ 代表的數字是

010！」

「錯，是**250**才對呀！」

福爾摩斯驚訝地回頭說，「我的

天，這麼簡單的數學題也計錯，

難道你誤會了『**先乘除後加**

你知道為何答案是 250 嗎？不知道的話，就翻到第 97 頁看看吧！

減』這口訣的意思？」

「哈哈！錯了！錯了！你算錯了！」李大猩趁機嘲笑，「狐格森，做人要像我那樣低調，爭先恐後只會令自己出洋相啊。」

「豈有此理！」狐格森惱羞成怒地走出陽台，向樓下的河馬巡警叫道，「去拿這房間的平面圖和軟尺來！快！」

不消一會，河馬巡警就氣喘吁吁地跑進來。

李大猩一手搶過巡警手中的軟尺，以為只要簡單一量，馬上就能破解難題②的密碼了。然而——

「怎麼這軟尺這麼短，只有2米長？」李大猩怒問。

巡警**期期艾艾**地答道：「因為狐格森探員說要**快**，我只好先向鄰居借用——」

「傻瓜！快去找10米以上的拉尺來！」

「哎呀，何必動怒？」福爾摩斯**打趣**說，「看看這平面圖，就知道不用尺也能計算出答案啦！」

說着，他攤開房間的平面圖，一邊標上**保險箱**和**門**口的位置，一邊解釋：「這是個**扇形**的房間，剛好是圓形的**4分之1**，上面的ABCE標示出一個長方形，而門口位於 C 點，

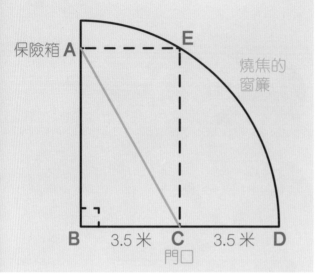

保險箱 A

E

燒焦的
窗簾

B　　3.5米　　C　　3.5米　　D
門口

剛好在 **BD** 的
中間。」

「那麼，
圖中 AC 的長
度就是難題
②要求的答

案吧？」狐格森皺起眉頭，「我記得，計算圓
形時常用到 **π** *，而計算直角三角形的邊長時，
又常用到**畢氏定理** **……」

李大猩摸摸下巴，同樣苦惱
地說：「π 和畢氏定理我都懂，
問題是怎樣運用？」

「通通都不用，答案已寫在圖上呀！AC 長
7米，換算成厘米便是 700，所以 ▲ ■ ▼ 代表
的數字是 700。」福爾摩斯答道，心想這場 畢

*π，讀作 pie，指圓周率 3.1415926 或 $\frac{22}{7}$。
**畢氏定理：直角三角形的兩條直角邊長的平方相加，等於斜邊長的平方。

你知道為何答案是 700 嗎？不知道的話，就翻到第 98 頁看看吧！

劇終於結束，可以離開去喝下午茶了。

「難題①的答案是 **250**，加上難題②的答案 **700**，就是 **250700**。」李大猩說着，馬上按數字撙動保險箱的轉盤，果真「咔嚓」一聲，就順利打開了保險箱。

然而，當三人看到裏面的東西時，都呆在當場。因為，那是他們都十分**熟悉**的東西——一套最新出版的《**福爾摩斯大冒險**》。

就在這時，巡警又前來報告：「我們找到這單位的住戶了！」

「我就是皮埃爾，是這單位的租客。」一位發福的**中年紳士**從巡警身後探出，語帶濃厚的法語口音。

「你⋯⋯你不是**失蹤**了嗎？怎麼⋯⋯？」李大猩大感詫異。

「**誤會**而已。我在法國大使館上班，警方打電話來，說這裏失火，又問我是否失蹤了。

我聽到後大吃一驚，所以馬上趕來了。」

「可是，鄰居說你已幾天**不見蹤影**呀。」

狐格森一臉不解地問。

「是這樣的，我妻兒從法國來倫敦旅遊，為了一享**天倫之樂**，我過去一個星期都住在妻兒入住的酒店。白天從酒店出門上班，下班直接回**酒店**，鄰居自然看不到我啦。」

「對了，皮埃爾先生，這是你的吧？」福爾摩斯指着桌上的煙包問。

「是的，那是我的……」皮埃爾看看那包煙，再看看燒焦的茶几和窗簾，**恍然大悟**地

説，「啊！我今早回來辦點事，離開前在窗旁抽了一根香煙，一定是**忘了**按熄煙屁股和關上玻璃門，釀成了火災。」

「那麼，這又是甚麼意思？」狐格森舉起那張密碼紙條問。

皮埃爾看了看那紙條，又注意到狐格森身後的保險箱，就問：「啊？你們打開了保險箱？」

狐格森慌忙解釋：「這是為了查案需要才打開的，我們以為與你的失蹤有關啊。」

「哈哈哈！你們誤會了。」

皮埃爾大笑，「其實，犬兒是個偵探迷，又想來看看我住的地方，我今早就回來準備兩道難題考考他，讓他玩一下探案遊戲。如果他答對了，禮物就是最新出版的《福爾摩斯大冒險》。」

大偵探聞言，馬上挺起胸膛，拉一拉衣領，

「咳咳咳」地清了一下喉嚨，**神氣**地說：「實不相瞞，本人就是這部小說的**主角**——夏洛克·福爾摩斯。這兩位警探可以作證。」

「啊！真的嗎？那、那麼……」皮埃爾**喜出望外**，「你真的像小說寫的那樣，跟**華生醫生**住在一起嗎？」

「沒錯，是不是想要**簽名**呢？」

「這個當然，機會難得呀！」皮埃爾雙手奉上小說，興奮地叫道，「麻煩你轉交**華生**醫生，請他簽個名吧！」

「華生？他是**配角**，我才是**主角**啊。」福爾摩斯感到意外。

「哎呀，華生醫生是這本書的**作者**嘛，當然是找作者簽名才對啦！」

聞言，福爾摩斯彷彿被潑了一盤冷水，**尷尬**地滴下了冷汗。

李大猩和狐格森看到此情此景，禁不住**捧腹大笑**。

福爾摩斯的解謎過程

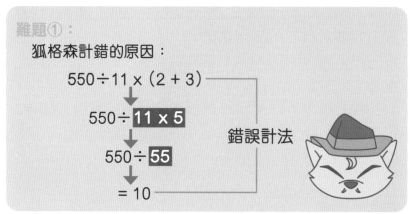

難題①：

狐格森計錯的原因：

$$550 \div 11 \times (2 + 3)$$

$$550 \div 11 \times 5$$

$$550 \div 55$$

$$= 10$$

錯誤計法

口訣「先乘除，後加減」，狐格森以為是「先乘後除」，所以計錯了。

正確計法：

$$550 \div 11 \times (2 + 3)$$

$$550 \div 11 \times 5$$

$$50 \times 5$$

$$= 250$$

正確計法

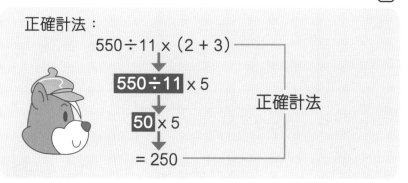

當算式只有乘和除，就要從左至右順序計算才對。因此，

● ◆ ★ = 250。

難題②：

保險箱在A點，門口在C點，此題其實是求AC的長度。

扇形房間是圓形的 4 分之 1，所以扇形的直邊 BD = 圓形的半徑 = 3.5 + 3.5 = 7 米。

而直線 BE 和 BD 一樣是圓形的半徑，所以 BE 的長度也是 7 米。

在長方形內，BE 和 AC 成對角線，長度相等，故 AC 也是 7 米。將米變成厘米，7 米 = 700 厘米。因此，密碼▲ ■ ▼ = 700。

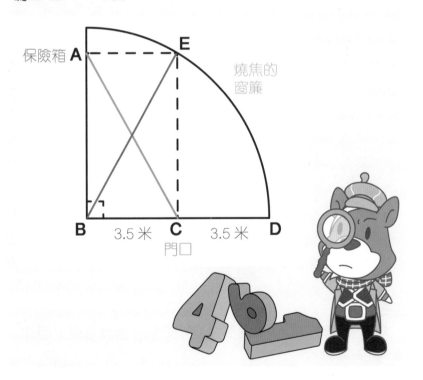

「檢查結果很好，以後不用覆診了。」

滿臉皺紋的老紳士佩羅是華生今天最後一名病人。看診後，華生扶起**顫顫巍巍**的老紳士，道：

「對了，佩羅先生，剛才看病歷卡時注意到，過幾天是你的**生日**，現在先祝你生日快樂！」

「呵呵，華生醫生，有心了！」佩羅笑道，「過幾天就要踏入**古稀之年**啦。看來，病痛也會愈來愈多啊。」

華生打開門，把老紳士送到門外後說：「不會啦，才**70歲**罷了，你定會老當益壯的。」

「哎呀！華生，你怎能說『70歲』呢？」一個熟悉的聲音在身後響起。

華生回頭一看，原來是福爾摩斯。

「聽老先生的口音，應該是法國出身吧？你應該說60+10歲才對啊。」福爾摩斯向華生說。

「60+10歲？」佩羅莞然一笑，「呵呵，華生醫生，你的朋友懂法文呢。」

「懂法文？甚麼意思？」華生一臉茫然。

「呵呵，是這樣的。」佩羅娓娓道來，「在英語中，**7**是 seven，**17**是 seventeen，**70**就是 seventy。但我家鄉的語言法語並不一樣，法語的**7**唸作 sept，**17**是 dix-sept，**70**則唸作 soixante-dix，完全不見 sept 的蹤影！原因是 soixante 代表 **60**，dix 代表 **10**，合起來就是一條算式 **60+10**，即是等於70。有趣吧？」

數字		法文
07	→	sept
10	→	dix
17	→	dix-sept (10 + 7)
60	→	soixante
70	→	soixante-dix (60 +10)

「啊……原來如此！」華生恍然大悟。他這才知道，剛才福爾摩斯聽到佩羅的法語口音，是故意**賣弄**一下，用法語的方式講出60+10，代替直接講70。

福爾摩斯補充道：「據說，百多年前的法國國王**路易十四**討厭別人叫他70歲，所以人民就把**70**講成**60+10**，把**80**講成**4 x 20**。後來，這就漸漸地變成法語的特殊講法了。」

「呵呵，少年人盼望長大，成年人卻介意年歲日增，路易十四也一樣呢。」佩羅說，「哎喲，我又**嘮叨**起來了。醫生，失陪了，家人說要跟我慶祝生日呢！」

與佩羅道別後，福爾摩斯和華生叫了輛馬車，往約好的律師行開去。幾天前，福爾摩斯收到**艾琳·愛德勒**的一封信，拜託他為一位女士當繼承遺產的**見證人**。

本來，生性懶惰的福爾摩斯都會拒絕沒有報酬的工作，但在「**波希米亞蒙面國王事**

件」*中，他與這位武功高強的女歌手**不打不相識**，當時艾琳還幫助他識穿了「國王」的真面目。在欠了對方一個人情下，這次就只好**勉為其難**地答應了。

不過，這時他萬萬也想不到，除了當見證人之外還要**解謎**。此外，他更沒料到，剛才與老紳士的一番**寒暄**，竟為破解謎題提供了重要**啟示**！

「啊？這不是**麥克法蘭**先生嗎？真巧，原來你是這裏的律師！」福爾摩斯和華生踏進律師行，就看到一位眼熟的年輕人——他就是在「**骨頭會說話**」一案中**，被真兇委託立遺囑，卻遭警探誤當嫌疑犯的約翰·麥克法蘭。

*詳情請閱《大偵探福爾摩斯⑰史上最強的女敵手》。
**詳情請閱《大偵探福爾摩斯㊽骨頭會說話》。

「太巧合了！福爾摩斯先生、華生先生，這次我也負責處理一份遺囑呢。」打過招呼後，麥克法蘭切入重點，「相信大家都收到艾琳・愛德勒小姐的信。按照程序，請容我首先介紹一下這位**瑪莉・米勒**小姐。」

年輕律師向兩人介紹了站在他身旁、一位維氣先脫的女子，她就是其亡父麥克・米勒的惟一遺產繼承人。本來，根據米勒生前的指示，其好友艾琳・愛德勒必須見證遺囑的執行。但艾琳現時身處外地無法赴約，就委託了福爾摩斯代勞。

「不過，令人感到**莫名其妙**的是，艾琳小姐通知我們宣讀遺囑時，必須用**法國人的心思**去理解箇中含意。」麥克法蘭說。

「法國人的心思？」福爾摩斯問，「為甚麼要用法國人的心思呢？」

「我父母都是**法國人**，可能家父想保留法國的傳統吧。」瑪莉猜測。

「這就是**遺囑**，請你們看看。」麥克法蘭把一份異常簡短的遺囑遞上。

只見遺囑上寫着：

愛女瑪莉：

上天把你賜給我的那天為我帶來無限幸福，但上天奪去你媽媽的那天卻令我的幸福戛然而止。我的幸福究竟有多長呢？

愚父家無恆產，只能留下一張紙幣給你。請到別墅去把它找出來吧，那是你最值得擁有的。

不過，那張紙幣被混在一疊紙幣中，我忘了把它取出來，你須要自己找找看。餘下的紙幣，請全數捐給孤兒院吧。

「**別墅**？在哪裏？不會在法國吧？」華生問。

「不，別墅在英國南部的**樸茨茅夫**，那裏有國際客船連接法國。家母在英國出生，為了讓家母一解鄉愁，家父在那裏購入別墅，讓我們母女可以在**暑假**去避暑。遺憾的是，家父在夏天工作很忙，絕少與我和媽媽一起去那兒度假。」瑪莉説着，**皺起眉頭**想了想，「可是，他為何把遺物放在那裏呢？」

「看來，我們有必要親身去一次看看呢。」福爾摩斯道。

「坐火車的話只需2小時。明早一起去好嗎？」麥克法蘭問。

翌晨，眾人登上火車後，就討論起來。

「遺囑上為甚麼説『**我的幸福究竟有多長呢**』？」華生問。

「我年幼時，家父最喜歡與我一起玩**數學遊戲**，可能在立遺囑時想起當年的情景吧。」瑪莉別有感觸地説。

「反正沒事幹，不如我們與瑪莉小姐一起玩玩這個**遊戲**吧。」麥克法蘭提議。

「好呀！」福爾摩斯一聽到可以玩數學遊戲，就**精神為之一振**，「我認為米勒先生想我們**計算日數**，他提到兩個關鍵日子。『上天把你賜給我的那天』是指瑪莉小姐的**生日**，『上天奪去你媽媽的那天』則是米勒太太的**死忌**。」

「我在 **2月29日** 出生，家母在我 **19歲** 那

108

年的 **7月18日** 死亡。」

華生掏出記事本，打開印着月曆的那一頁，和麥克法蘭一同數起日子來。

「2月29日出生？是 呢！這得花點心思，但並不難計算。」福爾摩斯在紙上稍作計算後就說道，「是 **7080天**。」

「哎呀！你也計得太快了吧？」

難題①：
你知道我如何求出7080天嗎？答案在第 123 頁！

華生投訴，「這麼快就有答案，太沒趣了。」

「嘿嘿嘿，你該投訴自己笨，計得太慢啊。」福爾摩斯**揶揄**。

「7080天嗎……？」瑪莉卻有點困惑地呢喃，「爸爸為何要我計算這段日子呢？」

「問得好！令尊出這道題一定**別有用意**。」福爾摩斯提醒，「不過艾琳在信中提過『用法國人的心思去理解』，你可以循這個方向去想。」

「7080在法文唸作sept mille quatre-vingts，當中sept是**7**，*mille*是**1000**，quatre是**4**，vingt是**20**。」瑪莉說。

「合起來就是7x1000+4x20……到底有何含意呢？」大偵探反復唸着這

條數式，陷了沉思之中。可惜的是，他一直思考到火車到站，依然**想不出個所以然**來。

　　藍天白雲下，眾人乘馬車來到海邊的別墅區。曾任軍醫的華生注意到，這裏不只是國際碼頭，更是一個軍港，想必有不少海軍家庭聚居，因此治安良好，社區配套也齊全，難怪米勒放心讓妻女來**度假**了。

　　「嘩！有很多小孩子的**圖畫**和**玩具**呢！」麥克法蘭踏進別墅中，不禁叫起來。華

生看到，有一些色彩繽紛的圖畫掛在牆上，地上又有多個玩具箱。

「啊……這些都是我的……」瑪莉**深有感觸**地說，「好懷念啊……這些圖畫和玩具……好像讓我回到了……幼稚園和小學的那段日子。」

「唔……？」福爾摩斯走近一幅**畫**凝神細看。

畫中繪畫着一個**女人**，她拖着一個**小女孩**的手，正在海邊看着落日餘暉。畫風雖然幼氣又天真，卻洋溢着濃得化不開的**溫馨**。

「這是令慈嗎？」福爾摩斯指着畫中的女人問。

「是的。」瑪莉冷冷地應道。

福爾摩斯又看了看其他圖畫，問道：「從畫風看來，都是幼稚園或小學時期畫的呢。你唸中學後就不再繪畫了？」

「不，家母在我升上中學後，管教愈來愈嚴厲，令我非常討厭她。」瑪莉欲言又止，「自13歲起……我和她已沒有再來這兒度假了。」

「原來如此，那麼——」

「哎呀，閒話少說，別忘記我們是來找紙幣的啊。」麥克法蘭慌忙把話題岔開。

「對啊！我們馬上分頭找找吧。」華生也應和。

四人於是分頭在房子四處尋找，約半個小時後，福爾摩斯率先叫道：「有趣、有趣！這裏有個**玩具化妝箱**，上面寫着一個**4位數**呢。」

「甚麼4位數？」麥克法蘭問。

「7080。」

「啊？那不是遺囑上數學題的**答案**嗎？」華生感到意外。

「讓我看看。」瑪莉彷彿感應到甚麼似的，慌忙接過化妝箱，輕輕地抹去上面的塵埃後，**小心翼翼**地打開了蓋子。

福爾摩斯三人湊過去看，只見箱中除了一些亮晶晶的玩具首飾外，還有一個與那些首飾

顯得格格不入的**公文袋**。

瑪莉把袋中的東西取出，原來是被綑成一疊的**紙幣**和一疊**生日卡**。

「哇！全是**美鈔**呢。」福爾摩斯見錢開眼，馬上取過鈔票數了數，「共**100張**，全都面值**10元**。」

「足足有**1000美元**，不是一個小數目啊！瑪莉小姐，這筆遺產也不算少呢。」華生說。

麥克法蘭連忙提醒：「根據遺囑指示，只有**1張**歸瑪莉小姐所有，其餘**99張**須捐給孤兒院。」

「可是，遺囑說給瑪莉小姐的那一張混

在其他紙幣當中，哪一張是給她的呢？」華生問。

「數學題的答案**7080**一定就是提示，否則箱上不會寫着這個4位數。」福爾摩斯想了想，再翻了翻紙幣說，「每張紙幣都有編號，順序由**A6010400**至 **A6010499**，看來7080與這些編號有關呢。」

「有道理！」華生說着，轉過頭去向瑪莉問，「你認為呢？你有甚麼——」

可是，華生說到這裏就止住了。他發現，瑪莉只是**出神**地盯着那一疊**生日卡**，她的心思看來完全不在那疊美鈔上。

「怎麼了？」福爾摩斯也注意到了。

瑪莉沒有回答，她**珍而重之**地拿着那疊生日卡，以顫動的手一張一張地緩緩翻閱。翻着翻着……翻着翻着……她的雙眼漸漸發紅，不一刻已眶滿了**淚水**。

「媽……媽媽她……她一直保留着這些生日卡……」瑪莉**嗚咽**着說，「第一張是我4歲時寫的，那一年……我剛學懂寫字……最後一張……是**12歲**時寫的。我……我之後，就再沒有……為媽媽慶祝生日了。」

福爾摩斯三人聽着，不禁**黯然**。

「爸爸……他要我來這裏，其實……其實是想我記起兒時的這段時光……這段與媽媽一起**快樂**地度過的時光……」

瑪莉的嗚咽之聲，令四周被一股**沉重**的氣氛籠罩，華生看了看福爾摩斯，又看了看麥克法蘭，不知如何是好。

「我明白了！」突然，福爾摩斯打破沉默，「令尊的那道**數學題**，其實是想你把這兒的記憶延伸下去，填補你13歲後與母親**決裂**了的關係。所以，才會叫你計算出『7080天』這7000多個日子。」

「是的……」瑪莉點點頭，「當我看到這疊生日卡時，我已明白爸爸的**用心**了。」

「那麼，所有問題已**迎刃而解**了。」福爾摩斯説着，翻了翻那疊美鈔，從中抽出一張説，「這張編號**A6010420**的紙幣，就是令尊留給你的遺產！」

「啊？你怎知道的？」麥克法蘭**詫異**地問。

「因為，它的編號是A6010420呀。」福爾摩斯**理所當然**地說，「記得嗎？艾琳在信中說過，要用**法國人的心思**去理解遺囑的含意。」

難題②：
你知道我為何要取走A6010420這一張美鈔呢？答案在第124頁！

「**呀！**」經老搭檔這麼一說，華生想起了昨天與老紳士佩羅先生的對話，馬上也明白了。

「對，是A6010420這一張，我也**明白**了。」瑪莉**點點頭**說。可憐的是那位年輕律師麥克法蘭，他抓破頭皮，也看不出個所以然。

「不僅如此。」福爾摩斯**煞有介事**地說，「看到這張美鈔，我才猛然想起，這其實是一張收藏家夢寐以求的**錯體鈔票**。由於它蓋印的位置不對，在世上可說**獨一無二**，拿

去拍賣的話，說不定可拍賣出比10元面值高上**千倍的價錢**！」

「米勒先生也真懂得開玩笑，說甚麼『家無恆產』，竟然珍藏着這麼昂貴的錯體鈔票。」麥克法蘭笑道，「我們全部都受騙了呢。」

「不，米勒先生並沒有說謊啊。這張錯體鈔票面值10元，如果不懂得分辨的話，它就只值10元。10元哪算是甚麼財富，只不過比街上的乞丐好一點罷了！瑪莉小姐，你認為我說得對嗎？」福爾摩斯扮了個鬼臉，滑稽地問。

「這——」瑪莉看着福爾摩斯那個有趣的

樣子，不禁「哈哈哈」地笑了出來。華生和麥克法蘭看到瑪莉破涕為笑，不禁放下心頭大石。他們心裏都知道，在米勒先生的悉心安排下，瑪莉終於和天國的媽媽和解了，她心中的愛將會填滿13歲後的空白，以慰媽媽在天之靈……

福爾摩斯的計算過程

難題①：

　　計算日數時，要考慮 2 月 29 日是「閏日」。因為閏年有 366 天，比平年多 1 天。

　　首先，為方便計算，先不考慮「閏日」，暫定「第一天」是瑪莉出生那年的 3 月 1 日，「最後一天」是第 19 年的 2 月 28 日，其間有 365 x 19 = 6935 天。

　　然後，在第 19 年，從 3 月 1 日到母親去世的 7 月 18 日，共有 140 日。

　　最後，加上 19 年來所有的 2 月 29 日「閏日」，即是瑪莉出生當年 0 歲、4 歲、8 歲、12 歲和 16 歲，合共 5 個閏日。

　　如用算式表示，即 365 x 19 + 140 + 5，因此，從瑪莉出生到其母去世，期間共 7080 天（包含頭尾兩天）。

難題②：

佩羅提過 70 的法文是 soixante-dix，當中 soixante 代表 60，dix 代表 10，合起來是 60+10。

瑪莉在火車上提過 80 的法文是 quatre-vingts，當中 quatre 是 4，vingt 是 20，合起來是 4 x 20。

所以，7080 可轉換成 60+10 和 4 x 20，把運算符號除去，只看數字，便得出 6010420。

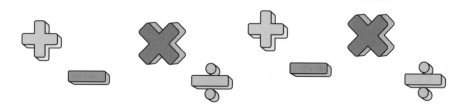

數字的忌諱

故事提及法國國王路易十四討厭別人叫他 70 歲，其實不同文化中都有數字的忌諱。例如，中國的 4（死）和 9413（九死一生）、歐美的 666（魔鬼數字）等。你能舉出更多例子嗎？

大偵探 福爾摩斯
SHERLOCK HOLMES
數學偵緝系列 ①
犯罪說明書

原案&監修／厲河　　繪畫／月牙

編撰／《兒童的科學》創作組（執筆：林浩暉、雷睿、謝詠恩）

着色／陳沃龍、徐國聲　　封面設計／葉承志　　內文設計／麥國龍

編輯／盧冠麟

出版
匯識教育有限公司
香港柴灣祥利街9號祥利工業大廈2樓A室

承印
天虹印刷有限公司
香港九龍新蒲崗大有街26-28號3-4樓

發行
同德書報有限公司
九龍官塘大業街34號楊耀松（第五）工業大廈地下
電話：(852)3551 3388　　傳真：(852)3551 3300

第一次印刷發行

2022年1月
翻印必究

想看《大偵探福爾摩斯》的最新消息或發表你的意見，請登入以下facebook專頁網址。
www.facebook.com/great.holmes

購買圖書

ISBN:978-988-75650-1-7
港幣定價 HK$60
台幣定價 NT$300

若發現本書缺頁或破損，請致電25158787與本社聯絡。

網上選購方便快捷　購滿$100郵費全免　詳情請登網址 www.rightman.net

1 追兇20年
福爾摩斯根據兇手留下的血字、煙灰和鞋印等蛛絲馬跡，智破空屋命案！

10 自行車怪客
美女被自行車怪客跟蹤，後來更在荒僻小徑上人間蒸發，福爾摩斯如何救人？

19 瀕死的大偵探
黑死病肆虐倫敦，大偵探也不幸染病，但病菌殺人的背後竟隱藏着可怕的內情！

2 四個神秘的簽名
一張「四個簽名」的神秘字條，令福爾摩斯和華生陷於最兇險的境地！

11 魂斷雷神橋
富豪之妻被殺，家庭教師受嫌，大偵探破解謎團，卻墮入兇手設下的陷阱？

20 西部大決鬥
黑幫橫行美國西部小鎮，七兄弟聯手對抗卻誤墮敵人陷阱，神秘槍客出手相助引發大決鬥！

3 肥鵝與藍寶石
失竊藍寶石竟與一隻肥鵝有關？福爾摩斯略施小計，讓盜寶賊無所遁形！

12 智救李大猩
李大猩和小兔子被擄，福爾摩斯如何營救？三個短篇各自各精彩！

21 蜜蜂謀殺案
蜜蜂突然集體斃命，死因何在？空中懸頭，是魔術還是不祥預兆？兩宗奇案挑戰福爾摩斯推理極限！

4 花斑帶奇案
花斑帶和口哨聲竟然都隱藏殺機？福爾摩斯深夜出動，力敵智能犯！

13 吸血鬼之謎
古墓發生離奇命案，女嬰頸上傷口引發吸血殭屍復活恐慌，真相究竟是……？

22 連環失蹤大探案
退役軍人和私家偵探連環失蹤，福爾摩斯出手調查，揭開兩宗環環相扣的大失蹤之謎！

5 銀星神駒失蹤案
名駒失蹤，練馬師被殺，福爾摩斯找出兇手卻不能拘捕，原因何在？

14 縱火犯與女巫
縱火犯作惡、女巫妖言惑眾、愛麗絲妙計慶生日，三個短篇大放異彩！

23 幽靈的哭泣
老富豪被殺，地上留下血字「phantom cry」（幽靈哭泣），究竟有何所指？

6 乞丐與紳士
紳士離奇失蹤，乞丐涉嫌殺人，身份懸殊的兩人如何扯上關係？

15 近視眼殺人兇手
大好青年死於教授書房，一副金絲眼鏡竟然暴露兇手神秘身份？

24 女明星謀殺案
英國著名女星連人帶車墮崖身亡，是交通意外還是血腥謀殺？美麗的佈景背後竟隱藏殺機！

7 六個拿破崙
狂徒破壞拿破崙塑像並引發命案，其目的何在？福爾摩斯深入調查，發現當中另有驚人秘密！

16 奪命的結晶
一個麵包、一堆數字、一杯咖啡，帶出三個案情峰迴路轉的短篇故事！

25 指紋會說話
詞典失竊，原是線索的指紋卻成為破案的最大障礙！少年福爾摩斯更首度登場！

8 驚天大劫案
當鋪老闆誤墮神秘同盟會騙局，大偵探明查暗訪破解案中案！

17 史上最強的女敵手
為了一張相片，怪盜羅蘋、美艷歌星和蒙面國王競相爭奪，箇中有何秘密？

26 米字旗殺人事件
福爾摩斯被捲入M博士炸彈勒索案，為嚴懲奸黨，更被逼使出借刀殺人之計！

9 密函失竊案
外國政要密函離奇失竊，神探捲入間諜血案旋渦，發現幕後原來另有「黑手」！

18 逃獄大追捕
騙子馬奇逃獄，福爾摩斯識破其巧妙的越獄方法，並攀越雪山展開大追捕！

27 空中的悲劇
馬戲團接連發生飛人失手意外，三個疑兇逐一登場認罪，大偵探如何判別誰是兇手？